MONTMARTRE

POEME HOLLANDOIS

AVEC LA TRADUCTION FRANÇOISE

PAR M^R. J. DE MEERMAN

COMTE DE L'EMPIRE ET SÉNATEUR.

A PARIS

CHEZ DE BURE, PERE ET FILS, LIBRAIRES.

DE L'IMPRIMERIE DE P. DIDOT L'AÎNÉ

1812.

Men zal het aan den laatsten Vertaaler van Klopstock's *Messias* waarschijnlijk niet ten kwaade duiden, indien men in dit dichtstuk hier of daar eenige navolgingen van plaatsen uit dat onsterffelijk werk mogt ontmoeten, die zich echter als van zelve voor zijn' geest hebben gedrongen. Wegens het herhaalde gebruik der oude zesvoetige dichtmaat, meent hij niet, dat het hem noodig zij tot eenige verontschuldiging de toevlucht te moeten neemen.

MONTMARTRE.

Oude Montmartre, dien iedere zon, met herborenen luister,
Weder op nieuw voor mijn oog doet verrijzen, uit nevelen opheft:
Oude Montmartre, hoe trotsch gij ook nu de vorstinne der steden,
Waar zij naar 't Noorden haar aangezicht wendt, bekroont en bewondert:
Echter waart gij er lang, eer binnen Lutetia's muuren
Volkeren woonden en koningen heerschten; gij waart er, eer Cæsar,
Met zyn alles veróverend heir van Italische benden,
Tot den stam der Parisiërs drong; eer Gaulen of Celten
't Gallisch gebied, of wel nog vroegre barbaaren vervulden;
Waart er reeds lang, eer het Menschdom ontstond : het jeugdige
    Menschdom,
Dat geen zestig eeuwen nog telt; eer 't gedierte zyn' Heer nog
Had gehuldigd; toen leven en ziel aan de schepping nog faalde.
Toen reeds waart gij, ó Berg, het tooneel van hevige schokken,
Die de elementen in oproer verwekten; uw ingewand is nog
't Groot Musæum, dat staalen vertoont uit het Delf-, uit het Dier-rijk,
Welke van deeze schokken getuigen. Het vuur, of het water,
Of de stoom, die naar uitzetting hijgt, deed de aarde hier siddren,
Wierp haar om hoog, of stortte haar neêr; en 't gebeente van duizend

Dieren-soorten, hier zonder getal op elkander gestapeld,
Vormt het verbrijzelde gruis van millioenen geraamten,
Door dien baarensnood der Natuur van beweeging en adem,
Als door den pijl des blixems, beroofd, onder lasten van aarde
Toen bij geheele kudden bedolven: gebeente, gelijk er
Schier geen ander schepsel meer draagt; dat een voorige waereld
Aan het vernuft der Cuvier's deezer eeuw ter bespiegeling aanbiedt.

Dan, zo gij zelf de vrucht zijt geweest van een' aardbol in arbeid,
Waart ge van menige woeling der Volken tevens daarna de
Bange aanschouwer, of dwong men u mede in de woeling te deelen.
Romen was nog aan zijn Koningen trouw: en uw Galliën zaagt gij
Toen ¹ reeds haare overstroomende schaar van ontelbaare zoonen
Naar Germaniëns wouden zenden, als jonge plantsoenen,
Anderen weêr over de Alpische sneeuw naar Italiëns lusthof.
Eenige tijd verliep, en deeze overvielen de stad der
Zeven heuvels, en even ontging 't Capitool eenen losprijs,
Duizend ponden gouds aan waardij. De tergende Veldheer
Leide zijn zwaard nog op 't valsche gewigt, dat het goud in de schaal woog,
Spotte met woord en met eed, en riep den Tribuun die 't hem aanwees,
Wee den Verwonnenen! toe.

Deezen hoon evenwel, aan 't jeugdige Romen beweezen,
Wreekte, schoon eeuwen daarna, de volwassene waereld-beheerschter;
En zij stormde in Galliën in, en drong haar het juk op,
Van Massiliën af, tot daar de eerwaardige Rhijn zijn
Armen verdeelt, om Bataviëns vruchtbaare beemden te omhelzen.
Andere vreemden verdreeven hen sedert. Der moedige Franken
Duurzaame stam, uit honderden stammen samen gesmolten,

Vestigde zich in het Gallisch gebied, en betreedt tot dit uur den
Franschen bodem. Nu sticht Chlodovæus het eerst eenen troon, die
Vier Dynasten reeds telt, en een lange reeks van gebieders.
Hem zaagt ge, o Montmartre, de stad, die zich voor uwe voeten
Uitbreidt, met moed veróovren. Hij roept er de Grooten en Eedlen
Heerschend samen, en smeedt er met hun voor de volken, vereenigd
Onder zijn' staf, weldaadige wetten. De blinkende kroone
Dacht hij zijn' schedel onwaard, zo het zuivrende water des doops hem
Tevens niet wiesch. Aan het zuurdeeg gelijk, dat allengs door het meel
    dringt,
En het ten laatsten volkomen doorzuurt: zoo drong ook de kruis-leer,
Welke der Natiën heil, als het heil van ondeelbren, doet opgaan,
Langsaam door alle de standen van 't Rijk; de hut en de Troon deed
Eindlijk geen' anderen God dan dien der Christenen hulde;
En er reezen geen Hymnen meer op uit de heilige wouden,
Hymnen, aan valsche goden gewijd; geen offeren rookten
Langer ter eere van hun; de stem der grijze Druiden
Zweeg, en zij leerden de Gallische jeugd geen verouderde staat-kunst
Meer, geen menschen-wijsheid, door hoogere lessen verdrongen.
Berg, op uw eigene kruin was lang te vooren de Tempel,
Aan den God des oorlogs gewijd, reeds geveld en verdweenen;
't Martelaars bloed had gestroomd op die kruin, gelijk het uw naam nog
Heden vermeldt[2]. Er rees ter eer der getuigen des Heilands
Sins een Kapel; en laater ontvingt ge eene heilige stichting,
Waar eene Abdis haare kloosterschaar, naar 't geregelde voorschrift,
Liederen, haaren Verlosser gewijd, bij dagen en nachten
Op deéd zenden, haar 't vasten gebood, en het dankende bidden.

Iedere magt, niet gegrond op de rots van persoonlijke grootheid,

Is bouwvallig. De stam van den stichter des Rijks ondervond het,
Even als andere stammen. De MAIRES van 't Hof hunner vorsten
Wierpen die zwakke Monarchen ter neêr van den Troon dien ze
    ontëerden,
Plaatsten zich zelven daar op. De tweede der Fransche Dynasten,
Karel verschijnt: hij, de eenigste vorst in de rol der Historie,
In wiens daaden en moedig bestuur de aanstaande Plutarchen
Menig een' veel gelijkenden trek met een' laateren Heerscher
Op zullen zaamlen, doch nooit evenwel vergelijken zijn bloedig
Doopen van Saxens afgodische schaar, met de onpijlbaare weldaad
Van een altaaren-herstel door alle de streeken van Frankrijk:
Outren, in uuren van onzin vergruisd, en in 't schandelijk puin toen
Liggen gebleeven, een reeks van lange sleepende jaaren.
Karel's eerzucht voldeed het niet, over enkle gewesten
Koning te heeten. Hem huldigen straks en Iber en Elbe,
Hem de Donau, de Rhijn. Hij drukt de kroon van Augustus
Zich in de stad der Cæsars op 't hoofd. Den beveelenden scepter
Knelt hij in eene stevige vuist. Zijn schrandere wetten
Kennen geen doel, dan 't geluk van zoo veele verëenigde Volken.
't Kweeken der onervaarene jeugd, het bloeijen der Kunsten,
Veiligheid, Handel, de Krijg, de Schatkist, de luister des Eerdiensts:
Niets ontgaat aan zijn vader-zorg. Maar gelijk Meteooren
Schitterend aan den Hemel zich toonen; doch, wen zij verdwijnen,
Slechts de duisternis donkerder maaken: zoo volgen op Karel's
Nooit volpreezen bestuur weêr eeuwen van sombre gedaante.
Ook aan *zijn* geslagt dwingt Hugo op 't laatst den Regeer-staf
Uit de onmagtige hand: en ziet! een langduurige stam van
Meer dan dertig koningen heerscht den nieuwen Dynast na,
Achtmaal hondert jaaren op één: doch niet meer over volken,

Buiten de vroegere grenzen geteeld. Onder al deeze vorsten
Noemt er de geschiedenis weder slechts enklen, die adel
Des gemoeds bij den adel des bloeds vermengende voegden.
Dwingelanden waren er veelen, en wreede verdrukkers
Van hun moedeloos volk; bij anderen feilde 't aan krachten,
Krachten van geest en van hart. Door gierige, looze Ministers
Lieten er zich veelen bestuuren, door dartle boeleersters
Sommigen weder; niet weinigen zelfs door beiden. Gij steekt hier
Ver boven zulke onwaardigen uit, gij achtbre Philippus!
Ook, o heilige Lodewijk! gij, zo de geest uwer tijden
U niet aangevuurd had, om Canäans bergen aan de ijzren
Hand der Saraceenen te ontwringen, uw volk te verlaaten,
't Rijk te dunnen. Edoch, gij hebt voor de rampen der Natie
Zwaar geboet, en ze meer dan vergoed door schittrende daaden.

Treurige tijden verschijnen daarna. De veróovrende Willem
Had de Normandische vlag wel geplant op den Tower, die London's
Oostlyke zijde verschanst. Doch lang reeds hadden die vreemden
Zich met de Britten vermengd. Nu stormen de Britten in Frankrijk.
De ééne zege volgt de andere na. Het ééne gewest wordt
Na het andre des vijands prooi. Het kleinste gedeelte
Van het Rijk blijft het sobere lot van een' zinloozen koning.
Zelfs de beveelende hoofdstad bezwijkt, en bezwijkt met geen grootheid.
Schatten ontbreeken, de moed ontzinkt. Maar, toen alles te kort schoot,
Toen sprak Frankrijk's Beschermer en God: genoeg der verneedring!
En Johanna[3] verscheen. Zij ontrolt haaren hemelschen last-brief
Voor het verwonderd oog des Daufijns, en bewijst haare zending,
Om, door de Britten heen, naar de stad der Koningen-Krooning
Hem te geleiden. Hij luistert gedwee naar de Godlijke roepstem.

Prophetes en Heldin te gelijk, voorspelt zij en strijdt zij:
Minzaam en zacht, als het jeugdige lam, wen ze in jonkvrouwen kleeding,
En in 't gewoone verkeer, niets meer dan enkele maagd is;
Fier, als de moedige leeuw, wanneer zij, gegespt in het harnas,
En met den helm op het hoofd, door de reïen der Engelschen doorbreekt.
Deezen verlaat de overwinning weldra; het zwaard van Johanna,
En het herboren vertrouwen in 't heir, dat zij mannelijk aanvoert,
Velt hunne benden ter neer, en vervult hun hart met ontroering.
Orléans kent geen omcingeling meer; na duizend gevaaren
Doorgeworsteld, treedt Karel te Rheims zegepraalende binnen,
Wordt gezalfd en gekroond. Gelukkige maagd, zo gij nu slechts,
Na eene zending zoo heerlijk volbracht, in 't vaderlijk hutjen
Weder had mogen keeren; en zo de ondankbaare Grooten,
Die den troon van Karel omstuwden, geen laage jaloersheid
Had bevangen; indien men u niet voor de muuren der hoofdstad
Wentelende in uw bloed had verlaaten, weér elders u door geen
Schuldig verzuim in 's vijands bloeddorstige hand had doen vallen!
Wee den Franschen, die toen de redster des Rijks aan de Britten
Gierig voor goud verkochten; en wee den Britten, die woedend
Hier de hoogheid der ziel miskenden, zich schandelijk wreekten!
Groot, tot waar haar de brand-stapel wacht, blijft ze aan God en aan
     Koning
Even getrouw, en verloochent de stem haarer hemelsche roeping
Zelfs niet in de smerten der vlam. — Ligtzinnige menschen,
Die over 't vreemde bedrijf, dat zij verrichtte, vermeetel
Vonnis durft vellen, den vinger des oppersten volken-bestuurders
Hier halstarrig weigert te zien: wie geeft u het doorzicht
Om te beslissen, dat God, de hoogste der geesten, op geesten,
Welke hij schiep, de magt niet bezit zonder middel te werken,

Of wel dat zijne wijsheid het wraakt? O kent gij wel eens de
Grenzen der kracht van de menschlijke ziel? De krachten des ligchaams
Weegt gij naar ponden gewigts: en echter, brandende koortsen,
Raazernij, of duldelooze angst bij heete gevaaren,
Geeven een zevenvoudige magt ook aan vrouwlijke spieren:
En gy beôordeelt een' geest? De geklommen verbeelding, gij weet het,
't Zij als de Godsdienst of 't vaderland roept, of dierbre belangen,
't Zij als er feilen des breins des denkens geregelde werking
Stooren, verheft onze ziel tot nooit ontdekte vermogens,
Ruimt de gewoone beletselen weg: en krachten ontluiken,
Anders misschien alleen voor een volgende waereld berekend. —
Zwijgt en aanbidt! Die den aardbol regeert, heeft of in Johanna's
Voor dien indruk vatbaare ziel het bevel haarer zending
In doen vloeijen, of heeft althans de beminlijke dweepster,
Zo het geen grooter wonder nog is hier aan dweepen te denken,
Daar, en in die tijden geplaatst, en met zulke vermogens
Toegerust, dat door haar invloed het Rijk aan zijn kwaalen ontrukt wierd.

Eindelijk weeken de Britten geheel: doch andere stormen
Bruisschten weldra met geweld, en deeden den broeder in 's broeders
Ingewand wroeten. Er had zich een toen nog roemlooze monnik
Ver in het afgelegene Saxen verstout, om aan Romens
Zielen-regeerend gezag het hoofd onverschrokken te bieden.
Duizenden leerlingen volgden die leer. 't Onzichtbaare vonkjen
Wekte eene vlam, die Europa van alle zijden deed gloeijen.
Welke vervolging berokkende niet de gekwetste Thiare
Tegen 't weerspannige heir! van welke beroeringen was niet
Frankrijk de verbaasde getuige en de treurige lijder!
Berg, dien ik zinge, hoe was u te moed', toen het brommen der slotklok

Van Parijs, in het middernachts uur, na verraadende feesten,
De ijsselijkste tooneelen van moord en dolzinnige woede
Voor u ontsloot, en het edelste bloed bij stroomen deed vloeijen!
Berg, wat hebt gij gevoeld, toen van alle de Fransche Monarchen
Hij, die zijn volk het teérste beminde, de goede, de dappre,
Wijze Hendrik, uw stijle en heerschende hoogte verschanst heeft,
Tot het beleg van het muitend Parijs, dat een' Engel versmaad had,
Welke voor ééne Hostie met hun de knieën niet neerboog!
Beste koning, indien gij op 't laatst voor de rust uwer volken
Zelfs uw geweeten mogt hebben ten offer gebracht, en gezworen
Bij den leevenden God, het geen gij verwierpt te gelooven:
Beste koning, wat heeft het gebaat? Een vernielend geweer heeft,
Door den arm der dweepzucht bestuurd, niet minder uw leven,
Nog in de volle kracht uwer dagen, den blinkenden luister
Van uw bestuur, moorddaadig verkort. Wel weenden de Franschen
Bittere traanen; wel viel er, bij 't hooren der scheurende tijding,
Meer dan een enkle plotseling neér, en ontsliep. Maar de Godsdienst-
Haat ontsliep niet met hun en met u. De herborene krachten
Van dat monster, geteeld in de Hel, en gedoemd uit den Hemel,
Woedden slechts heviger. Ach! schier een eeuw daarna, en uw kleinzoon
Plantede op nieuw de banier van vervolging in al de gewesten
Van het toen reeds rustend gebied. Onbezonnene Heerscher,
Veel te trotsche Monarch, die een hoog gepreezne regeering
Echter bezwalkte door menig een smet, van dat lange bestuur den
Roem overleefde, en den eernaam van Groot in de tombe niet mêe naamt:
Spreek, wat misdaad hadden verricht die duizendmaal duizend
Onderdaanen, die gij met den strop, en den riem der Galleijen
Strafte, of die gij als ballingen dwongt over de aarde te zwerven,
En van het vaderlijk goed met den bodem der vaadren beroofde?

Was het zoo snood een bedrijf, te twijflen, of God aan een reeks van
Priesteren, eeuw na eeuw, het onfeilbre gezag had geschonken,
Om den zin zijnes woords te bepaalen; maar zelven dien zin met
Trouwen, gemoedlijken ernst uit het echte verstaanbaare Charter
Liever te delven: te vorschen, gelijk de geroemde Beréërs
Eertijds vorschten, of 't geen ook Apostelen leerden, wel waar was[4]?
O wanneer eens het bloed, dat gij wreed om zulk eene misdaad,
Lodewijk! plengde, en de tallooze traanen, gestort om uw strenge,
Al te stipt gevolgde besluiten; de wanhoop van ouders,
Aan hunne kindren ontrukt; van mans aan minnende vrouwen;
Vrouwen aan haare kroone, de mans; van beroofde geslachten;
Zo de vertwijfling, nog ver boven dit, van verkrachte geweetens,
Dien het ontbrak aan den moed, om 's menschen bevel te trotseeren,
Daar, waar een hooger gezag zijn gebiedende stem deed verneemen:
Als tegen u dit eens alles getuigt, en gij dan in uw ziel geen
Enkel pleit van verschooning meer vindt:—Zoo verschoone u de Rechter!

Nog een buldrende orkaan, en 't zij de laatste voor Frankrijk!
Korter was hij van duur, doch hij velde aan de rechter-en linker-
Zijde geen minder slachtoffers neèr; hij verdeelde niet minder
Tallooze zielen, voor eendracht, en rust, en liefde geschapen;
Schokte tot diep in zijn binnenste 't Rijk; deed schittrende deugden
Prijken; ontwikkelde groote nog onbekende talenten:
Maar ontblootte tevens den poel van menschlijke boosheid
Zoo, gelijk hij nog nimmer ontbloot was; en voerde eenen springvloed
Aan, in de plaats van den daaglijkschen vloed, van bederf en verkeerdheid;
Leerde, dat eedle bedoelingen zelfs eene omzichtige voorzorg
Dwingend gebieden, indien men de rampen, die 't vaderland drukken,
Niet veelvoudig vermeerderen wil, die men dacht te verkleinen;

2

Leerde, dat geen gespannene staat een duurzaame staat is;
Dat een onmeetelijk Rijk slechts onder den lommer des Troons kan
Bloeijen, en geen onstuimig gemeen zijn eigen Monarch zijn;
Dat men, in al den glans der verlichting van laatere tijden,
Aan geen natie haar God ontrooft, of haar dwingt haare knieën
Voor een onding, Reden genoemd, afgodisch te buigen.

    Hooge Montmartre, daar trekt zich een straat tusschen trotsche
       gebouwen
Regelregt op een plein, dat welëer naar een koning gedoopt was.
Door deeze straat overziet gij dat plein. De dood had te vooren
Hier onmededoogend gewaard bij een feestlijke bruiloft,
Ter noodlottiger uure gevierd[5], en nog grootere rampen
Duister propheteerend voorspeld. De tijd der vervulling —
Zwijg, mijn gezang, en delf niet op nieuw de dagen des onzins
Uit den kolk der vergeetelheid op, waartoe zij gedoemd zijn!
Nimmer keere die eeuw van valsch begreepene vrijheid,
Met haar bloedig gelaat en al verstoorende handen,
Op den bodem des Rijks in 's Hemels ongenaâ weder!
Nimmer verheffe zich weder de koorts van menschlijke dwaasheid,
Dood-bedreigend en fel, tot zulk eene schriklijke hoogte!
Vrijheid, en ijver voor God: gij twee zoo edele woorden,
Dan, wanneer men met wijsheid u noemt: maar verschrikkende klanken,
Als u de dolk der woede bestuurt, of het laage vooroordeel,
Of het verzweegen eigenbelang, dat men smoort in den boezem:
Hoe veel rampen hebt gij, in 't vroegere of laatere tijdperk,
Niet op het hoofd van Frankrijk gestort, op het hoofd van Europa!
Maar zij zijn verdweenen, die dagen, als waren er eeuwen
Tusschen beiden gevloogen. 't Geweeten herwon zijne rechten;

Iedere Christen-schaar gaat naar haár eigenen Tempel
Vreedsaam heenen, en dient haaren God naar volle overtuiging;
Iedre behoudt haar eigen geloof: maar alle vereenigt
De onoverwinbre banier van het kruis; zij gehoorzaamen alle
Eénen Heer, en hoopen van hem dezelfde belooniug.
Rust is in alle gewesten hersteld; er bloedt geen Vendée
Meer, en het hollende grauw voelt alom het gebit en den breidel;
Orde herleeft; de gerichten herneemen haar glans; en een Wetboek,
't Welk zich zoo veele volken reeds koozen, strekt allen den Franschen
Tot een' verstaanbren en veiligen gids hunner levens-bedrijven.
Ziet! de luister des Troons daalt langs geregelde trappen
Door de rei der aanzienlijken heen; en geen maatelooze afgrond
Scheidt den Heerscher, van allen, die zijnen scepter veréeren.
Eén evenwel is des scepters gezag. Er rijst, uit den puinhoop
Veeler verwonderde steden, één trotsch gebouw na het andre.
Hier weêr naadren de steden elkaâr; of nieuwe Canaalen
Voeren er goederen aan, die zij nimmer te vooren aanschouwden.
Weetenschap wordt geëerd, en iedre der beeldende kunsten
Vindt bescherming; de vlijt in hondert takken bevordring.
Schoolen worden gesticht. Den vreemden volkeren boezemt
Frankrijks ontzagchelijk heir, de geduchte verschanssingen Frankrijks,
Zijn Beschermer nog meer, den eerbied, op welken het recht heeft,
Onweerstandelijk in; op kusten gedoogt het geen' aanval,
Geen' op de landlijke grens des verruimden onmeetlijken bodems.

  Keizer! hier brengt mijne taak mij tot u: de verheven Montmartre
Werpt ook het oog van nabij op het slot, uit welk gij bewind voert.
Doch, weêr op nieuw verstomt mijn gezang. Dat, wat ge op het slagveld,
Wat ge in 't bestuur van uw uitgebreid land roemwaardigs verricht hebt,

Zonder omwindslen dat alles, o Vorst, aan u zelv' te vermelden:
Ja, ook dit is vleitaal, waarvan de geluiden mij vreemd zijn.
Rijk is het Hollandsch, en vol van kracht: maar evenwel kent het
Woordenboek des ronden Bataafs dat verneedrende woord niet.
Altijd wraakt haar het kiessche gehoor, en edele lippen
·Achten zich voor dezelve te hoog. De stem der verplichting
En des eerbieds gebieden mij dus voor·de pen der Historie
Over te laaten, 't geen thans aan de speelende lier niet vergund wordt.

    Beden intusschen ontëeren geen' God, en geen aardsche Monarchen.
Voor mijn vaderland heb ik er eene. Gij weet het, o Keizer,
Eer ons onze twisten verdeelden, eer schokken op schokken
De eene zenuw na de andre verlamden, toen waren wij groot, en
Rijk, en met roem overdekt. De Oranje, de blanke, de blauwe
Vlag, zij woei geëerbiedigd aan de uiterste hoeken des Aardbols;
Woei op den Ganges, de Kaap, op America's eilanden, even
Als op de Maas en het IJ; woei op alle de zeeën en stroomen;
Drong overwinnend tot hoog op de Theems; de de Ruiters en Trompen
Heisten haar op, en streeken ze nooit. In de krijgen Europa's
Krijgden wij meê, en wij deelden in al de verbonden Europa's;
Booden, tot het sluiten daar van, onze dorpen en steden
Vriendelijk aan, en de natiën hoorden met achting naar ieder
Voorstel, naar iederen eisch, aan de lippen der vaadren ontgleeden.
't Land, door de Hollandsche vlijt ontroofd aan woedende golven,
Voedde geen andre dan vrije, welvaarende, nijvere burgers,
Welken God de vergelding schonk van hun tachentig-jaarig
Kampen met Spanje's tyrannisch gezag, en zijn dwang der geweetens.
Vroomheid en eerlijkheid heerschte in 't gewest, en perste ons de hulde
Aller andere volkeren af; zij handelden gaarne

Met een geslacht, dat eeden en trouw onherroepelijk heilig
Achtte. Wat groote mannen heeft niet Bataviëns bodem,
Stout op die zoonen, geteeld! wat Veldheeren, Vlooten-gebieders,
Vesting-bouwers, in 't staaten-bestuur ervaarene grijzaards!
Welke doorsleepen kenners van 't recht, zoo van volken als burgers!
Hoe veel andre, die aan den dood met gelukkige wapens
Moedig zijn' buit betwistten, of die, o Natuur, uw geheimen
U door aanhoudend vorschen ontroofden! wat delvers in de oudheid!
Wat, door de toverij hunner verw, onnavolgbaare schilders!—
Keizer, dat land is het uwe geworden; het deelt onherroeplijk
In uwen roem en het lot van uw Rijk. Maar even onscheidbaar
Is aan het lot van dit land ook de roem van u zelven verbonden.
Kent gij een edeler taak, en meer eenes magtigen Heerschers
Waardig, dan een gewest, waar aan de Natuur zich vermaakt had
Al haar gaven mede te deelen, om dan op haar pronkstuk
Met verrukking neder te zien, op nieuw te vercieren;
Uit de laagte, waar in gij het vond, op nieuw te verheffen?
Hebt gij het niet beloofd aan de stad, die de Tiber bevochtigt,
Dat gij haar voorigen glans zoudt doen herleeven : en heeft dan
Ook de stad aan den Amstel, de tweede in uw Rijk aan bevolking,
Met haare kleinere zusteren tevens, geen vorderende aanspraak
Op uw herscheppende zorg? Gij hebt de bouwende hand reeds
Aangevangen te slaan aan haar vervallene muuren :
Richt ze volkomen om hoog, laat weêr haar straaten krioelen
Van bewooners, die de arbeid roept, en geneerd door den arbeid!
Help haare stichtingen op, aan Christen-plichten geheiligd,
Eens zoo vermaard en zoo rijk, maar voor welke ook Hollandsche
      mildheid
Thans te kort schiet! o dwing onze stroomen (gij hebt de natuur wel

(14)

Meer bedwongen!) geen dijken voortaan meer stout te overschreeden!
Ruk de grenspaalen weg tusschen ons en uw vroegere staaten!
Geen beletslen — Edoch gij kent onze wenschen. Laat ieder
Eenzaam binnen-vertrek van 't Leeve NAPOLEON galmen!

Dan, ik keer uit mijn vaderland weder te rug tot uw hoogte, o
Berg! In dien treurigen tijd, toen de al vernielende bijl zoo
Menig een stout godsdienstig gesticht vermorselend velde,
Viel ook uw Vrouwen-abdij, en ligt nog neer in ruïnen.
Slechts een onaanzienelijk vlek overdekt uwen langen
Smallen rug, en de wiek uwer molens vergruist voor des hoofdstads
Rijke bevolking het voedende graan : gelijk uwe steenbreuk
Haare wooningen op doet rijzen. Van nieuwe verzinning
Prijkt er een werktuig op u, naar 't schrijven van verre geheeten,
Dat weêr op andere werktuigen slaat. Slechts enkle minuuten,
En het verhaalt, over berg, over dal, aan den boschrijken Elsass,
Dat er een koning van Romen ontsproot. Weêr enkle minuuten,
En men verneemt, over berg, over dal, in de wachtende Hoofdstad,
Welke laurieren het heir op Duitchslands velden behaalde.
Maar, wat geen waereld u geeft of ontneemt, is het lachend gezicht, dat
Van uwen top aan het oog des verheugden beschouwers zich aanbiedt.
Welk een uitgebreid dal in het rond, van vrolijke bergen
Blijde omringd! hoe vruchtbaar dit dal! steeds groenende beemden
Wisslen met goud-geele akkers hier af; de vriendlijke wijnstok
Biedt er zijn druiven met sap vervuld; voor de vreugden der tafel
Levert een milde grond er veel andere vruchten en kruiden;
Bosschen vervangen somwijl, om aan die schoone tooneelen
Schaduw te geeven, het opene veld; hier dartelt het ree, hier
Vindt de jaager zijn lust en zijn prooi. Door 't midden der vlakte

Vloeit de Seine, dan traager, dan snel; bij iedere wending,
Welke de stroom zich vergunt, verhaalt hij, hoe zeer het hem smerten
Zoude, 't verrukkende dal van Parijs te ras te verlaaten.
Hoe veel vlekken en steden besproeit niet zijn kronklende loopbaan?
U, bevallig rijzend Saint Cloud, in de jaarboeken Frankrijks
En Europa's eeuwig vermaard: vermaard door Brumaire's
Onvergeetbaaren dag! u, waar een gevloodene koning
Eens den verlaaten Britannischen troon weemoedig betreurde,
Saint Germain! schier ook u, aan Dionysius heilig,
Waar de beheerschers van 't Rijk met elkaar hun langste verblijf, hun
Laatste houden! o neen, waar zij samen hun stof aan 't
Stof der aarde vertrouwen, en zelve aan een' hoogeren koning
Gaan verklaaren, of ze al of niet hunne volken beminden ;
Wijs, rechtvaerdig heerschten; aan 't heil dier volken hun leven
Wijdden; aan vijand en vriend, aan vreemden en Franschen verrichtten,
't Geen ze, naar de effene schaal, zouden hebben gewenscht dat aan hen ook
Ware verricht! Eene schendende hand had den gothischen tempel
Hier ook ontwijd, en van zoo veele gezalfde Monarchen
't Rustend gebeente vergruisd en vermengd, en buiten des Tempels
Muuren in een' verachtlijken kuil baldaadig geworpen.
Gij, wiens doorzicht den eerbied erkent, op welken de Troon een
Recht, dat nooit verjaaren kan, heeft: gij hebt dit gevaarte,
O NAPOLEON! prachtig hersteld; en het konings gebeente
Wacht, op uw edel bevel, hier drie doorluchte gewelven,
Hunner en uwes waardig: voor iederen stam een verwulfsel.

Doch ik spoede ten einde. Wanneer gij, verheven Montmartre,
Van uwe kruin de vallei overziet, en alle de steden,
Vlekken, en hoven van Koningen telt, waar meê ze overzaaid is,

En dat gantche heir van kasteelen der Grooten, van burger-
Zomer-verblijven, waar in zij de zorgen der stad door landlijke vreugde
Poogen uit hun geheugen te wisschen : dan ketent Parijs toch
Steeds uw oog aan zich vast. Zijn onmeetbaare buiten-waranden
Cinglen zich reeds bij uw wortelen heen. Tusschen die, en zijn binnen-
Omtrek was kort geleeden nog veld; nu bedekken er huizen,
Kerken, Paleizen, en al het getooi eener praalende hoofd-stad
De aan den ploeg ontwende landsdouw. Iets verder, en ziet! daar
Rijst een Colom, en verheft haaren top boven andre gevaarten.
't Bronze, gesmolten in 't vuur, meldt hier, in 't wendende beeldwerk,
Veel der laatere helden-daaden van 't leger der Franschen,
Over 't geöeffendste heir, dat het dappre Germaniën opriep,
Niet over Daciërs, moedig bedreeven. De strijdbaare Veldheer
Staat op de spits, en beschouwt zijne stad. Hier betracht hij de nieuwe
Straaten, en kaaijen, en bruggen, en bronnen, en trotsche gebouwen,
Welke hij stichtte; de plekken, waar op hij er andre zal stichten!
't Louvre, aan het keizerlijk slot door lange zaalen verbonden,
Worstelt, na tergend geduld, om zijne aanstaande voltooijing;
En het belooft het hoogste ideaal van 't Schoone aan de Bouwkunst.
Zes paar pijlers, vier zittende grijzaards, welëer in het recht zoo
Diep bedreeven, in 't breede Fronton eene bloedige zege[6],
Cieren 't Paleis, waar de wetten des Rijks, te vooren in 's Keizers
Raad overwoogen, aan 't volk, verbeeld door hun, die het uitkoos,
Ter beoordeeling worden gebracht; waar de Natie zich zelve
Lasten oplegt, haar schatten ervaart, haare uitgaven regelt.
Hoog, op een' verren afstand, prijkt boven 't gewelf eenes Tempels,
Met nog talrijker pijlers omringd, een cirklende koepel.
Tempel en koepel beide zijn van twee beeldende kunsten
't Heerlijk gewrocht. Het Vaderland wijdde dit stoute gevaarte

Dankbaar aan roemrijke burgeren toe. De sombere kelders,
Onder 't gebouw, dat den eerdienst verwacht, voor geen ramp meer
    bevreesd is,
Hoeden reeds de ingemetselde asch van menig een' veldheer,
Door de overwinning bekroond; van menig een' staatsman, die moedig
In de orkaanen des Rijks niet bezweek bij nog grootre gevaaren :
Edele Catacombes van rang, van deugd of verdiensten!

Dan, waar besloot ik ooit mijn gedicht, zo ik al wat de hoofdstad
Aan haaren berg vertoont, hier met verveelende juistheid
Telde : nog meer, indien ik dat alles bezong, wat ze inwendig
Aan het geoeffend oog des beschouwers verwonderlijks aanbiedt?
Ik daar en boven, een vreemdeling nog, zou het rukeloos waagen,
Al haare werken der kunst te maalen; haar stichtingen, even
Talrijk als iedere wijs overdacht; haar voorzichtig bestuur; haar
Volle markten; haar duizend-tallen nog vollere winkels;
Al de pracht, en de kunst, en den smaak van haar ruime tooneelen;
Wat haare Maatschappij, door schranderheid, taalen, geleerdheid,
En door vinding vermaards, in vier nijvere classen vereenigt;
Al den arbeid besteed aan een komend geslagt; en, wat zwaarder
Dan dit alles nog zijn zou, den aart van haar zoo veele hondert
Duizend bonte bewooners, in zeden, gedaante en in afkomst,
Even eens van elkaar onderscheiden? Gij waereld-regeerster,
Waar de natiën de oogen op slaan, die geen vreemde onbezocht laat:
Bloei nog lang, neem aan luister nog dagelijks toe, en, gelijk gij 't
Zijt in smaak, in vernuft, in magt en in rijkdom : zoo wees gij
Tevens in iedere deugd de Metropóle des Aardrijks!

AANMERKINGEN.

(1) LIVIUS, V, 34, *sqq.*, verhaalt, dat, onder Tarquinius Priscus, de Biturigers het bewind over het geheele Celtische Galliën oeffenden, en een' Koning aan het zelve gaven. De naam des geenen die toen regeerde, was Ambigatus : en, onder zijn dapper en voorspoedig gebied, had Galliën het tot die vruchtbaarheid en volkrijkheid gebracht, dat de overstroomende menigte van inwooners nauwelijks geregeerd kon worden. Zelf reeds oud zijnde, besluit hij zijne twee zusters zoonen, Bellovesus et Sigovesus, met zoo veel Manschap als zij aanvoeren wilden, buiten het land te zenden. De Goden wierden geraadpleegd, en het lot zond den eersten naar het Hercijnsche woud, den anderen naar Italiën; en deeze laatste wierd, behalven van zijn' eigen stam, de Biturigers, verzeld door de Arverners, de Senoniërs, de AEquers, Ambarren, Carnutiërs, en Aulercers : samen een zeer groot heir formeerende van ruiterij en voetvolk. Dit is gewis een der vroegste berichten uit de geschiedenis van het Fransche Rijk, en toont aan, wat het reeds voor omtrent 24 eeuwen geweest zij. Hoe veel vroeger moet dan niet zijne eerste bewooning een' aanvang hebben genomen? Het overvallen van Romen door de Galliërs onder het bevel van Brennus ('t zij, gelijk LIVIUS dit in twijffel trekt, door laatere Senoniërs alleen, t'zij met de overige Transalpiners samen, die sedert den eersten tocht steeds in getal waren toegenomen), heeft een paar eeuwen daarna eerst plaats gegreepen, en is te bekend, dan dat ik er langer bij zou behoeven te verwijlen. Ik merk alleenlijk op, dat, zo zich Brennus bij die gelegenheid aan trouwloosheid schuldig maakte, met zich van valsch gewigt te bedienen, en, toen het ontdekt wierd, er nog zijn' sabel by te leggen, hem evenwel de Romeinen juist niet veel te verwijten hadden : daar, terwijl men nog met het weegen bezig was, Camillus, de te vooren benoemde Dictator, met eenige benden, van elders der stad te hulp kwam, en den koop, als niet wettig geslooten zijnde, vernietigde, om dat aan een minder officier, dan hij, de magt daar toe ontbroken had.

(2) Sommigen zoeken den oorsprong van Montmartre in den Tempel van Mars; anderen, zoo 't mij voorkomt, met meer waarschijnlijkheid, in de mar-

teling van Dionysius en zijne metgezellen, omtrent het midden van de derde eeuw ; en in de Kapel, ter gedachtenis daar van gesticht. De Benedictijner-Vrouwen-Abdij is van 1133.

(3) Jeanne d'Arc.

(4) HANDEL. 17, *vs.* 11.

(5) 1772.

(6) Die van Austerlits.

MONTMARTRE.

L'auteur de la derniere traduction hollandoise du *Messie* de Klopstock a peut-être des droits à l'indulgence du Public, si l'on croyoit reconnoître dans l'écrit suivant des imitations de quelques passages de ce poëme immortel : elles se sont presque involontairement présentées à son esprit. Quant à l'emploi de vers hexametres dans le genre des Anciens, qu'il s'est permis une seconde fois, il pense n'avoir aucun motif de se défendre à cet égard.

MONTMARTRE.

<div style="text-align:center">~~~~~~~~~~~~~~~~~~~~~~</div>

Antique Montmartre, que chaque nouveau soleil éleve à mes yeux avec un éclat toujours renaissant, et qu'il dépouille de ses brouillards, tu couronnes à présent, il est vrai, la plus illustre des villes, là où elle se tourne vers le nord, et tu l'admires orgueilleusement : cependant tu existois bien avant que les murs de Lutece renfermassent des peuples, ou que des Rois y régnassent ; avant que Jules-César pénétrât de l'Italie, à la tête d'une armée victorieuse, jusqu'à la peuplade des Parisiens, et que des Gaulois, des Celtes, ou des Barbares qui les précédoient encore, remplissent toute l'étendue des Gaules ; tu existois avant que le genre humain, cette génération adolescente qui ne date que depuis soixante siècles, eût vu le jour ; que les animaux eussent fait hommage à leur maître, quand la création manquoit encore d'esprit et de vie. C'est alors, ô montagne, que tu fus déja le théâtre de violentes secousses que causerent les élémens en tumulte ; et tes entrailles forment encore le vaste Musée, rempli de fragments des regnes minéral et animal, qui attestent ces ébranlements ! Le feu, l'eau, ou la vapeur qui soupire après son expansion, a fait trembler ici la terre, l'a tantôt

4

soulevée, tantôt fait redescendre dans l'abyme ; et les dépouilles de mille especes d'animaux, accumulées ici sans nombre, ne sont que les débris écrasés d'un million de squelettes que la Nature en travail a privés alors, comme par un trait de foudre, du souffle et du mouvement, et qu'ensuite elle a enterrés par troupeaux sous une immense charge de terre. Peu d'animaux existants sont formés d'ossements pareils ; mais un monde primitif présente encore ceux-ci au génie et à la contemplation des Cuviers de notre siecle.

Cependant, si tu fus jadis toi-même le fruit d'un globe qui enfantoit, tu fus aussi dans la suite le témoin alarmé de tant d'agitations des peuples, ou bien tu fus contraint d'y prendre une part active : Rome obéissoit encore à ses Rois, et tu vis déja tes Gaules ¹ envoyer vers les forêts de la Germanie la surabondance de leurs fils innombrables, comme une jeune pépiniere ; et d'autres, à travers la neige des Alpes, vers le jardin de l'Hespérie. Peu d'années s'écoulerent, quand ces derniers surprirent la ville aux sept collines ; et à peine le Capitole évita-t-il le rachat de son indépendance par le poids de mille livres d'or. Le chef insultant de l'armée, se jouant de sa foi et de son serment, augmenta le poids de l'autre balance, y ajouta son glaive, et ne répondit aux plaintes du Tribun que : Malheur aux vaincus !

De cet affront néanmoins qu'éprouva Rome dans son enfance, la souveraine du Monde, parvenue à toute sa vigueur, se vengea cruellement. Elle tomba avec impétuosité dans les Gaules, et leur imposa le joug, depuis Massilie jusque là où le vénérable Rhin étend ses bras pour embrasser les prés fertiles des Bataves.

D'autres étrangers chasserent à leur tour les Romains. La nation durable des Francs belliqueux, formée de cent peuples confondus, se fixa sur le sol françois, et y marche encore aujourd'hui. Clovis est le premier qui fonde un trône, sur lequel ont déja été assis quatre Dynasties et une longue suite de Rois. Tu le vis, ô Montmartre, s'emparer avec vigueur de la ville qui s'étend à tes pieds. Il y convoque en souverain les grands et la noblesse de l'Empire; et de ces délibérations résultent des lois salutaires pour les peuples réunis sous son sceptre. Mais la couronne la plus brillante lui parut indigne de son front, si les eaux purifiantes du baptéme ne le lavoient pas en même temps. « Tel que le levain pénetre insensiblement par la farine jusqu'à ce qu'elle soit toute levée » : tel aussi l'évangile de la croix, qui fait éclore le salut des nations, comme celui des individus, pénétra de progrès en progrès par tous les rangs du royaume. A la fin le trône et la chaumiere ne servirent d'autre Dieu que le Dieu des Chrétiens; les bois sacrés ne firent plus monter aux cieux des hymnes pour les fausses divinités; des sacrifices ne fumerent plus à leur honneur; la voix des Druides aux cheveux blancs garda un éternel silence, et ils n'enseignerent plus à la jeunesse gauloise une politique surannée, ni cette sagesse humaine qu'avoit écartée une plus haute doctrine. Long-temps auparavant, ô montagne, le temple sanguinaire du Dieu des combats avoit été abattu et avoit disparu sur ta propre cime; le sang des martyrs y avoit coulé, comme ton nom le rappelle encore aujourd'hui[2]. Une chapelle s'y éleva depuis à l'honneur des témoins du Christ; et, dans des jours plus rapprochés des nôtres, tu reçus une fondation sainte, où une abbesse instruisit son troupeau monacal à chanter pendant les jours et les nuits, d'après la regle prescrite, des cantiques à leur Sauveur, et lui ordonna le jeûne, les actions de grace, et les prieres.

Tout pouvoir qui n'est point fondé sur la grandeur personnelle, comme sur un roc inébranlable, s'écroule bientôt. La race du fondateur de la Monarchie l'éprouva comme tant d'autres. Les maires du palais de leurs princes firent descendre ces foibles souverains, et s'y assirent à leur place. Charles, le second des Dynastes françois, se présente, et dans les annales du monde il est le seul, dans les actions et dans le gouvernement énergique duquel les Plutarques futurs pourront recueillir plus d'un trait de ressemblance avec un souverain d'un âge plus récent; sans oser cependant jamais comparer le baptême sanguinaire, auquel l'un força les Saxons idolâtres, avec le bienfait inestimable du rétablissement des autels, que l'autre ordonna dans toute l'étendue de son Empire : autels que des jours de démence avoient vu abattre, et qui, pendant de longues années, avoient offert de honteuses ruines. L'ambition de Charles ne lui permit pas de se contenter d'être appelé Roi d'un petit nombre de provinces. Bientôt l'Ebre et l'Elbe, bientôt le Danube et le Rhin lui font hommage. C'est dans la ville des Césars qu'il pose la couronne d'Auguste sur sa tête; il serre le sceptre dominateur d'une main assurée. Ses lois, sagement conçues, ne connoissent d'autre but que le bonheur de tant de peuples réunis. L'éducation d'une jeunesse sans expérience, la culture des beaux-arts, la sûreté publique, le commerce, la guerre, le trésor de l'Etat, la splendeur du culte, rien n'échappe à ses soins paternels. Mais, ainsi que des météores ne luisent avec éclat au firmament que pour rendre, quand ils disparoissent, les ténebres encore plus profondes : ainsi l'administration, jamais assez célébrée de cet Empereur, fut de nouveau suivie par des siècles d'une lugubre apparence. Sa race, comme la premiere, se vit enfin enlever le sceptre de sa main débile. Ce fut Hugues qui le saisit ; et une longue génération de plus de trente Rois succéda au nouveau Dynaste, pendant huit siecles, dans le Gouvernement ; mais elle ne régna plus sur des peuples nourris hors des anciennes limites du royaume. Parmi ces princes l'histoire n'en nomme qu'un petit nombre qui ait uni la noblesse de l'ame avec celle du sang. Plusieurs furent des tyrans et de cruels oppresseurs d'une nation désolée ; à d'autres les forces de l'esprit et du cœur manquerent. Des ministres intéressés, intrigants, en gouvernerent plusieurs ; des concubines impudiques s'emparerent de quelques uns ; la plupart même se courberent sous l'un et l'autre joug. Estimable Philippe-Auguste, tu t'éleves ici bien au-dessus de tant de Rois indignes ; et toi, St Louis, tu ne t'éleves pas moins au-dessus d'eux ; mais pourquoi l'esprit de ton siecle t'enflamma-t-il au point d'abandonner ton royaume, d'en diminuer la population, pour aller soustraire les montagnes de Canaan au pouvoir de fer qu'y exercerent les Sarrasins ? Ah! tu as bien expié les maux de ton peuple, et tu l'en as plus que dédommagé par tes éclatantes actions.

Des jours désastreux suivirent. Guillaume, ce prince conquérant, avoit planté, il est vrai, la banniere normande sur la tour qui défend la partie orientale de Londres, mais depuis longtemps ces étrangers s'étoient mêlés avec les habitants de la Grande-Bretagne. Ceux-ci font à leur tour une horrible invasion en France ; bientôt une victoire suit l'autre ; une province devient, après l'autre, la proie des ennemis. La partie la moins considérable du royaume reste l'unique et mince portion d'un souverain en démence ; même l'impérieuse capitale succombe, et ne succombe pas avec grandeur. Les trésors manquent, la confiance est perdue. Mais quand tout, jusqu'à l'espoir, s'évanouit, ce fut alors que le défenseur et le Dieu de la France dit : L'humiliation est à son comble ! et à l'instant Jeanne paroît. Elle développe ses lettres de créance aux yeux étonnés du Dauphin, et prouve une mission céleste qui la charge de le conduire à travers l'ennemi, dans la ville où se couronnent les Rois. Il obéit avec humilité à la voix divine. Prophete et héroïne à la fois, elle prédit l'avenir, et elle combat : aimable et douce comme le jeune agneau, quand, vêtue des habillements de son sexe, et dans tout ce qui ne tient pas à ses sublimes fonctions, elle ne fait observer en elle que la candeur d'une vierge ; fiere comme le lion impétueux, quand, couverte de sa cuirasse, et le casque en tête, elle brise les rangs des Anglois. Bientôt la victoire abandonne ceux-ci ; l'épée de Jeanne et la confiance renaissante dans l'armée, qu'elle commande avec le courage du plus grand homme, terrasse leurs troupes, et remplit leurs cœurs d'effroi. Déja Orléans ne se voit plus entouré ; et Charles, échappé à mille périls, entre en triomphe à Reims, et y est oint et couronné. Heureuse fille, si, après une mission si glorieusement terminée, tu eusses pu retourner sous le toit paternel ; si une ingrate et basse jalousie ne se fût emparée des grands qui entouroient le trône de Charles ; si, devant les murs de la capitale, on ne t'eût abandonnée, nageant dans ton sang ; et si ailleurs, par la plus honteuse négligence, on ne t'eût laissé tomber dans les mains sanguinaires de l'ennemi ! Malheur aux François avares qui vendoient alors à l'Angleterre, pour de l'or, celle qui avoit délivré l'Empire ! malheur aux Anglois furieux, qui méconnurent alors toute grandeur d'ame, et qui tirerent de Jeanne la plus indigne vengeance! Admirable jusque sur le bûcher, elle reste également fidelle à son Dieu et à son Roi, et ne renie pas même dans les douleurs de la flamme sa céleste vocation. O vous qui, avec tant de légereté, osez prononcer une sentence téméraire sur un aussi étrange événement, et qui vous montrez si obstinés à ne pas reconnoître ici le doigt du souverain Monarque qui gouverne les peuples : dites-moi, qui vous a donné l'intelligence pour décider que Dieu, le plus sublime des esprits, n'ait pas le pouvoir d'opérer, sans intermédiaire, sur des esprits qu'il a créés lui-même, ou bien que sa sagesse le lui défend? Connoissez - vous seulement à fond les bornes des forces de l'ame humaine? Il est vrai, vous mesurez les forces de notre corps; et cependant des fievres brûlantes, la démence, ou des angoisses indomtables qu'excitent des périls imminents, augmentent du sextuple la tension même des muscles d'une femme. Et vous prétendez juger un esprit? L'imagination montée, vous ne l'ignorez point (soit que la Religion ou la Patrie fassent entendre leur voix, ou que d'autres grands intérêts se prononcent; soit que quelques vices des organes du cerveau troublent la marche réglée de nos idées), éleve notre ame jusqu'à l'exercice de qualités qui n'avoient jamais été devinées jusqu'alors, se fait jour à travers des obstacles communs; et des forces se manifestent, qui peut-être ne sont destinées, dans tous les autres cas, que pour une existence future. Mortels audacieux, adorez en silence! L'un des deux est incontestable. Ou celui qui gouverne ce globe a gravé dans l'ame de Jeanne, formée pour en recevoir l'impression, la loi de sa mission; ou du moins il a placé l'aimable visionnaire (si ce n'est pas un plus grand miracle d'avoir recours ici aux simples visions) dans de tels lieux et dans de tels temps, et il l'a douée de telles qualités, que, par leurs effets réunis, le royaume s'est vu délivré des maux qui l'affligeoient.

Enfin les Anglois quitterent entièrement le territoire de la France : mais d'autres tempêtes s'éleverent bientôt avec fureur, et le frere plongea son glaive dans les entrailles d'un frere. Un moine, peu célebre jusqu'alors, s'étoit enhardi aux bords éloignés de l'Elbe, à s'opposer au pouvoir de Rome, qui dominoit sur les ames, et à s'y opposer sans redouter en rien les suites de son audace. Bientôt des milliers de disciples embrasserent la nouvelle doctrine. L'étincelle, à peine visible, produisit une flamme qui embrasa l'Europe dans toute son étendue. Quelles persécutions n'excita pas la tiare offensée contre la troupe récalcitrante ! De quelles convulsions la France ne fut-elle pas le témoin effrayé et la triste victime ! Montagne, qui fais le sujet de mes chants, quelle horreur n'éprouvas-tu pas, lorsqu'après de perfides festins la cloche du palais de tes rois, bourdonnant à minuit, ouvrit à tes yeux le plus affreux théâtre de meurtres et de fureurs infernales, et fit répandre des torrents du sang le plus pur ! Montagne, que ne ressentis-tu pas, quand de tous les Monarques françois celui qui aima son peuple avec le plus de tendresse, le bon, le courageux, le sage Henri, se fortifia sur ta rapide et dominante hauteur, pour bloquer la capitale rebelle, qui auroit dédaigné un ange aussi long-temps qu'il n'auroit pas plié les genoux avec elle devant la même hostie ! O le meilleur des Rois, si, pour le repos de tes peuples, tu pouvois à la fin avoir sacrifié jusqu'à ta conscience, et si tu pouvois avoir juré, par le Dieu vivant, de croire ce que ta foi rejetoit ! ô le meilleur des Rois, à quoi cela t'a-t-il servi ? une arme homicide, dirigée par le bras du fanatisme, n'en a pas moins abrégé tes jours dans toute la plénitude de leur force, dans le plus brillant éclat de ton administration. Les François firent en effet couler des larmes ameres ; et plus d'un de tes sujets, en apprenant une aussi déchirante nouvelle, cessa subitement d'exister : mais la haine religieuse n'expira pas avec eux et avec toi. Les forces renaissantes de ce monstre, nourri dans l'abyme, et condamné à vivre loin des cieux, n'en agirent qu'avec plus de férocité. Hélas ! presque un siecle s'écoula, et ton petit-fils arbora de nouveau l'étendard de la persécution dans toutes les provinces d'un Empire qui se reposoit déja de ses agitations. Souverain sans prévoyance, Monarque beaucoup trop orgueilleux, dont le gouvernement, si hautement célébré, n'en fut pas moins couvert de bien des taches ; qui survécus à la gloire de ta longue administration, et n'emportas pas l'illustre surnom de Grand avec toi dans la tombe : parle, quel fut le crime de ces milliers de tes sujets que tu condamnas à la corde ou à la rame des galeres, ou que tu forças d'errer sur le globe, et privas de l'héritage comme du sol paternel ? Etoit-ce un si affreux délit que celui de douter si Dieu, pendant toute la durée des siecles, avoit muni des prêtres, toujours se succédant, du pouvoir infaillible de fixer le sens de sa parole ; et d'aimer mieux découvrir eux-mêmes, avec une scrupuleuse probité, ce sens de la chartre originale et si intelligible ; d'examiner, comme firent autrefois les Béréens, qui en reçurent tant d'éloges, si ce que même des Apôtres leur prêchoient s'accordoit avec les Ecritures[3] ? Ah ! Louis, quand le sang que tu as cruellement versé pour un crime tel que celui-ci, et les larmes innombrables que tu as fait répandre par tes ordres séveres et

5

trop fidèlement exécutés; quand le désespoir des parents que tu
as enlevés à leurs enfants, des époux privés d'épouses qui les ado-
roient, des épouses privées de maris qui faisoient leur gloire et
leur couronne, des familles dénuées de tout ce qu'elles possé-
doient; quand, ce qui est infiniment plus terrible, les affreux
reproches de la conscience de ceux qui ont manqué de force pour
braver le commandement des hommes, lorsqu'une puissance
supérieure faisoit entendre sa voix redoutable; quand tout ceci,
ô Monarque, témoignera un jour contre toi, et que tu ne trou-
veras dans ton ame aucun motif d'excuse à alléguer: — ah! que
ton juge alors en découvre pour toi!

Encore un orage mugissant, et que ce soit le dernier pour la
France! sa durée fut plus courte que celle des orages qui l'ont
précédé: mais il n'en immola pas moins des victimes de tous
côtés; il excita la discorde entre un nombre infini de cœurs nés
pour le repos, l'union, et l'amabilité, et ébranla l'Empire jusque
dans sa plus impénétrable profondeur. Il fit éclore, il est vrai,
de grandes vertus, déploya des talents supérieurs et inconnus
jusqu'alors; mais il mit en même temps à découvert l'abyme de
la dépravation humaine, tel que l'on ne l'avoit encore jamais
entrevu, et amena un flux extraordinaire de corruption et de per-
versité, au lieu de son flux journalier. Il démontra, que les inten-
tions les plus nobles demandent impérieusement une prudente
circonspection, si l'on n'aime pas à multiplier à l'infini les maux
sous lesquels saigne la Patrie, au lieu de les détruire. Il démontra encore, qu'un état de tension n'est jamais un état durable;
qu'un Empire d'une étendue immense ne peut fleurir qu'à l'ombre
du trône, et qu'une populace orageuse n'est pas faite pour devenir

son propre souverain ; qu'enfin , dans toute la splendeur d'un siecle éclairé, on n'enleve pas à une nation entiere son Dieu, et ne la force pas à plier des genoux idolâtres devant un être idéal qu'on appelle Raison.

Entre des bâtiments superbes s'aligne une rue que reçoit dans son enceinte une place, autrefois connue par le nom d'un Roi. Par cette rue, ô Montmartre élevé, tu jettes l'œil sur cette place. C'est là que jadis la mort avoit cruellement plané, lorsque des noces d'un funeste augure se célébrerent, et que par de sourds présages elle avoit annoncé des maux plus redoutables encore. L'époque de l'accomplissement.... mais arrêtez-vous, mes chants ; ne tirez pas de nouveau des jours de démence du gouffre de l'oubli auquel ils doivent rester condamnés à jamais ! Ah ! que ce siecle d'une liberté si mal conçue ne retourne plus, dans le courroux du ciel, sur le sol des François ! Ah ! que la fievre de la folie humaine ne redouble plus avec fureur, et en menaçant d'une destruction immédiate , à un point aussi effrayant ! O liberté, et toi zele pour la cause de Dieu, que vos noms sont sublimes quand on les prononce avec sagesse ; mais que sont affreux au contraire vos sons quand le poignard de la fureur, ou le vil préjugé, ou l'intérêt personnel, que l'on n'avoue pas, mais que l'on étouffe dans son sein, vous dirige ! Combien de maux n'avez vous pas versés dans des époques antérieures ou plus récentes sur la tête de la France et de l'Europe entiere ! Mais ils se sont évanouis ces jours de tempête, comme si des siecles les eussent séparés de ceux d'aujourd'hui. La conscience a recouvré ses droits. Chaque troupeau de Chrétiens se rend en paix vers son propre temple, sert son Dieu selon sa conviction intime, et reste fidele à sa propre foi ;

tandis que l'invincible baniere de la croix les réunit tous; que tous obéissent à un seul maître, et esperent de lui la même récompense. Le repos se trouve rétabli dans chaque partie de l'Empire, la Vendée ne saigne plus, et par-tout une populace féroce se sent gouverner par le mords et le frein; l'ordre a reçu une nouvelle vigueur; les tribunaux reprennent leur ancien éclat; et un code, adopté déja par tant de peuples, sert à tous les François de guide sûr et intelligible dans la conduite de leurs actions. Regarde comment la splendeur du trône descend régulièrement et de degré en degré par tous les rangs des grands de l'Empire; et comment il n'existe plus d'abyme sans fond entre le Souverain et tous ceux qui font hommage à son sceptre, quoique l'autorité de ce sceptre cependant ne soit pas partagée. Des ruines de tant de villes étonnées s'élevent successivement des édifices superbes; ailleurs des villes se rapprochent, ou des canaux nouvellement creusés leur fournissent des denrées qu'elles n'avoient jamais connues jusqu'alors. La science s'honore; chaque art élégant se voit protégé; et l'industrie, dans cent branches diverses, jouit d'encouragement; des écoles se fondent. Les autres peuples sont forcés irrésistiblement au respect que la France a droit d'exiger, moins encore par son armée redoutable et par ses terribles retranchements, que par celui qui en est le défenseur. Les côtes ne souffrent point d'invasion; et du côté du continent les limites d'un sol prodigieusement élargi n'en souffrent pas davantage.

Ici, ô mon Souverain, la tâche que je me suis imposée me conduiroit à toi. Montmartre jette aussi de sa cime des regards sur le palais peu éloigné dont émanent tes lois. Mais ici encore ma Muse est forcée au silence : car te réciter à toi-même et sans détours ce que tu as fait de glorieux au champ de bataille et dans le gouvernement de ton vaste Empire, cela même seroit te prodiguer de la flatterie dont les sons me sont étrangers. De quelque richesse et de quelque force que jouisse notre langue, le vocabulaire du franc et loyal Batave ne contient pas ce terme humiliant; des oreilles délicates d'ailleurs ne la tolerent point, et des levres pures s'estiment trop pour s'en servir. La voix de la reconnoissance et la voix du respect se réunissent donc pour m'ordonner, que j'abandonne à la plume de l'historien ce qui est refusé aux accords de la lyre.

Les prieres cependant ne déshonorent ni Dieu, ni les Souverains de ce monde; et j'en ai une à t'offrir pour ma patrie. Tu ne l'ignores pas, ô Empereur, qu'avant que nos troubles nous divisassent, et que des convulsions, qui se succédoient sans cesse, paralysassent toutes nos forces vitales, nous fûmes grands, riches, et couverts de gloire. Le pavillon orange, blanc et bleu flottoit dans les coins les plus éloignés du globe, et il y fut respecté. Il flottoit sur le Gange, au Cap, sur les montagnes de l'Amérique, comme sur la Meuse et sur l'Y; il flottoit sur toutes les mers et sur tous les fleuves, et se fit jour victorieusement sur la Tamise à une hauteur respectable. Les de Ruiter et les Tromp hisserent bien ce pavillon, mais ne l'amenerent jamais. Nous nous mêlâmes dans les guerres de l'Europe, et nous fûmes compris dans tous ses traités. Pour les conclure, nous offrimes amicalement nos villes et nos villages; et les nations prêterent avec estime une oreille attentive à chaque proposition, à chaque demande qui avoit échappé à la bouche de nos peres. Le pays, que l'industrie hollandoise avoit arraché aux flots furieux, ne nourrissoit que des citoyens libres, actifs, et vivant au sein de l'aisance, qui jouissoient de la récompense divine pour s'être défendus pendant quatre-vingts ans contre la tyrannie espagnole, et la violence que ce gouvernement exerça sur les consciences. La piété et la probité régnoient dans ces contrées, et forçoient les autres peuples à nous accorder l'hommage de leur estime; ils aimoient a traiter avec une génération, chez qui les serments et la foi donnée étoient irrévocablement sacrés. Quels hommes illustres le sol de la Batavie n'a-t-il pas produits, en se glorifiant d'une race de fils comme ceux-là! Quels généraux, quels commandants de flottes, quels constructeurs de forteresses, quels hommes d'Etat qui avoient blanchi dans la politique! quels profonds interpretes du droit des gens et du droit des particuliers! Combien d'autres qui, avec des armes heureuses, ont disputé courageusement à la mort sa proie, ou arraché par de constantes recherches à la nature ses secrets! Que d'autres encore qui ont creusé profondément dans l'antiquité! Que de peintres inimitables par l'enchantement de leur coloris!

Sire, ce pays-là est devenu le tien, et il partage sans retour et ta gloire et le sort de ton Empire. Mais au sort de ce pays ta propre gloire ne se trouve pas moins inséparablement attachée. Connois-tu une tâche plus noble et plus digne d'un puissant Monarque, que d'orner de nouveau et de relever de l'état humiliant où tu la trouvas, une contrée que la nature s'étoit plue à charger de tous ses dons, en jetant ensuite sur ce chef-d'œuvre de sa libéralité des regards de délice? N'as-tu donc pas promis à la ville qu'arrose le Tibre d'y faire revivre son antique splendeur; et la ville que baignent les flots de l'Amstel, la seconde de ton Empire en

population , n'auroit - elle pas , avec ses sœurs moins grandes qu'elle, qui l'entourent, des droits également exigeants sur tes soins, et sur une nouvelle création? Déja tes mains restauratrices ont commencé la réédification de nos murs délabrés. Perfectionne ton ouvrage. Que les rues y fourmillent de nouveau d'habitants appelés et nourris par le travail ; rétablis-y les fondations vouées à des devoirs chrétiens, jadis si renommées, mais à l'entretien desquelles même une charité hollandoise ne suffit plus. Force nos fleuves (ce n'est pas la premiere fois que tu aurois vaincu la nature) de respecter dorénavant nos digues. Renverse toutes les limites, et enleve toutes les entraves entre la Hollande et tes anciens Etats! Mais il est inutile de te rappeler nos vœux, que tu connois. Ah! ils sont tous compris dans celui-ci : Que le cabinet le plus solitaire de chaque maison retentisse du cri de Vive Napoléon !

Mais, de retour de ma patrie, je remonte ton sommet, ó Montmartre! Dans ces jours de deuil, quand la hache exterminatrice abattoit tant d'édifices superbes, consacrés à la Religion, ton abbaye partagea leur sort; et la terre est encore couverte de ses ruines. Ton dos, étroit et alongé, ne porte qu'un bourg peu important; et l'aile de tes moulins brise, pour la riche population de la capitale, le bled nourrissant, comme tes carrieres élevent ses édifices. Tu t'énorgueillis néanmoins d'un instrument qu'inventa le génie de notre âge, et qui répond à d'autres instruments pareils. Peu de minutes s'écoulent, et voici que, de hauteur en hauteur, il a raconté à l'Alsace, couronnée de forêts, qu'un Roi de Rome a vu le jour. Peu de minutes s'écoulent encore, et voici que la capitale en attente connoît déja les lauriers que l'armée a

recueillis dans les champs de l'Allemagne. Mais ce qu'un monde
entier ne peut ni t'accorder ni t'ôter, c'est la vue riante que ton
sommet présente libéralement de toutes parts à l'œil. Quelle
vallée étendue qu'entourent des montagnes qui charment l'ame
n'y observe - t - on pas ? Quelle n'est pas la fertilité de cette
vallée ! des prés toujours verds et des champs dorés y alternent
sans cesse ; l'aimable vigne y porte des raisins remplis de suc ;
un sol de profusion y offre aux plaisirs de la table tant d'autres fruits encore, et de nombreux légumes. Souvent, pour om-
brager ces scenes délicieuses, des bois remplacent la plaine ou-
verte. Là, on voit folâtrer le daim ; là, le chasseur poursuit sa
proie, et satisfait à son penchant. La Seine parcourt le milieu de
ce bassin, tantôt d'un flot rapide, tantôt avec plus de lenteur ; à
chaque courbure qu'il se permet, le fleuve annonce la douleur
que lui causeroit un départ trop prompt de la riche vallée de
Paris. Combien de villes et de bourgs n'arrose - t - il pas dans les
sinuosités de sa carriere ? C'est toi, Saint - Cloud, appuyé toi-
même contre une hauteur enchanteresse, et célebre à jamais dans
les fastes de la France et de l'Europe, par ce jour de Brumaire,
qui ne s'effacera point de la mémoire humaine. C'est toi, Saint-
Germain, où un Roi fugitif pleura avec douleur le trône anglois
dont il s'étoit vu forcé de descendre. Tu en es peu distante aussi,
ô ville consacrée à saint Denis, où les Souverains de l'Empire se
rassemblent, pour y tenir leur plus durable et leur derniere de-
meure : ah ! plutôt où, de concert, ils confient leurs cendres à la
poussiere de la terre, pour se présenter au tribunal d'un Souverain plus élevé, et lui déclarer s'ils ont aimé, ou s'ils n'ont pas
aimé leurs peuples ; s'ils ont gouverné avec sagesse et avec jus-
tice ; s'ils ont consacré leur vie entiere au salut de la nation ; et

s'ils ont fait à leurs ennemis comme à leurs amis, aux étrangers comme aux François, ce que, dans une balance exacte, ils eussent desiré qu'on leur eût fait. Ici encore une main destructive avoit profané le temple gothique, et avoit réduit et confondu entre eux les os tranquilles de tant de Souverains oints de l'huile sacrée, en les jetant avec dédain dans une fosse méprisable. Mais toi, NAPOLÉON, dont la sagacité sait trop bien apprécier le respect, sur lequel le trône a des droits imprescriptibles, tu as glorieusement reconstruit cet édifice; et par tes ordres magnanimes les dépouilles des Rois attendent ici trois voûtes superbes, dignes d'eux et de toi : pour chaque génération une voûte.

Mais je m'empresse de terminer mes chants. Quand, ô Montmartre, de ta cime élevée tu jettes tes regards sur la vallée, et que tu contemples toutes ces villes, ces bourgs, ces palais de Rois dont elle est parsemée, toute cette armée de châteaux des grands, et ces habitations de bourgeois que l'été réunit pour leur faire oublier par des plaisirs champêtres le tumulte de la ville : alors cependant c'est toujours Paris qui fixe le plus tes regards ; les arbres du cercle énorme qui forme son bord extérieur, mêlent déja leurs racines aux tiennes. Toute l'enceinte entre ce bord et son cercle plus resserré n'offroit naguere encore qu'un vaste champ ; mais aujourd'hui, étrangere à la charrue, elle se voit couverte de maisons, d'églises, de palais, et de tout ce qu'une brillante capitale comporte de magnificence. Un peu plus loin s'éleve une colonne dont la cime plane sur les autres édifices. Le bronze, qu'a fondu le feu, récite ici dans des bas-reliefs spiraux des actes vaillants de l'armée françoise, que son courage lui a fait récemment exécuter, non pas contre des Daces, mais contre les troupes les plus exercées de la brave Germanie. Sur le sommet est posé le Héros, illustre dans les combats, qui commandoit cette armée ; il y promene ses regards sur sa capitale, et en contemple les nouvelles rues, les quais, les ponts, les fontaines, les édifices augustes qu'il fonda, et les endroits où il va en fonder d'autres. Le Louvre, joint au palais impérial par de vastes galeries, s'agite pour arriver à son accomplissement prochain, après la longue patience qu'un délai insultant le força de prendre, et il promet dans peu à l'architecture le plus parfait idéal du beau. Douze colonnes, quatre vieillards assis, jadis profondément versés dans le droit, une victoire sanglante enfin, sculptée sur le large fronton, ornent le palais où les lois du royaume, pesées au conseil de l'Empereur, se soumettent au jugement du peuple, représenté par ceux qu'il juge convenable d'y nommer ; où la nation s'impose à elle-même ses charges, où elle apprend à connoître ses trésors, et où elle regle ses dépenses. Plus loin, audessus de la voûte d'un temple élevé, paroît une coupole entourée de plus de colonnes encore. Le temple ainsi que la coupole sont l'admirable production de plus d'un des beaux-arts. La Patrie reconnoissante dédia ce monument altier à des citoyens comblés de gloire. L'édifice qu'attend bientôt le culte, et qui ne craint plus de dangers, couvre des lugubres voûtes qui conservent déja dans l'épaisseur de leurs murs les cendres de tant de généraux couronnés par la victoire, et de tant d'hommes d'Etat dont le courage, dans les tempêtes qu'a essuyées l'Empire, ne succomba point à l'aspect de plus grands dangers encore. Qu'elles sont illustres ces catacombes consacrées au rang, à la vertu, ou au mérite !

Mais où terminerois-je mes chants, si j'allois réciter avec une ennuyeuse exactitude tout ce que la capitale fait apercevoir à sa montagne, et, bien plus, ce que dans son intérieur elle offre d'admirable à l'œil exercé de l'observateur? Moi, sur-tout, encore étranger dans ces lieux, j'irois témérairement m'exposer à peindre tous les objets d'arts qu'elle renferme; ses établissements, aussi nombreux que sagement conçus; sa prudente administration ; l'abondance de ses marchés ; la plus grande abondance encore de ses milliers de magasins; cet Institut qui, en quatre classes laborieuses, réunit ceux à qui la pénétration, la connoissance des langues, l'érudition, le génie ont donné des droits à la célébrité; tant de travaux pour la perfection d'une génération future; et, ce qui surpasseroit encore infiniment mes forces, le caractere de ses cent mille habitants tant de fois répétés, aussi différents de mœurs et d'origine que de forme et de vêtements? Ah! reçois plutôt mes vœux, ô Souveraine actuelle du Monde, sur laquelle se fixent les regards des nations, et qu'aucun voyageur ne manque plus de visiter. Fleuris encore pendant une longue suite de siecles; augmente de jour en jour en gloire; et, comme tu es la métropole du globe en goût, en génie, en pouvoir, et en richesses, ne manque pas de l'être également en chaque genre de vertu !

NOTES.

(1) Tite-Live, V, 34 *et suiv.*, nous apprend que, sous Tarquin l'Ancien, les
Bituriges exerçoient le pouvoir sur toute la Gaule Celtique, et lui donnoient
un Roi. Sous le gouvernement courageux et florissant d'Antigatus (c'est le nom
de celui qui portoit alors le sceptre), les Gaules parvinrent à un si haut degré de
fertilité et de population, que la surabondance de ses habitants ne pouvoit se con-
tenir qu'avec peine. Arrivé déja lui-même à un âge avancé, il se proposa d'envoyer
les deux fils de sa sœur, Bellovesus et Sigovesus, hors des limites de l'Empire, à
la tête d'autant d'hommes armés qu'ils le voudroient. On consulta les Dieux; et
le sort fit partir le premier pour la forêt Hercinienne, et l'autre pour l'Italie :
celui-ci conduisit (outre sa propre peuplade, les Bituriges) les Arvernes, les
Sénoniens, les AEques, les Ambarres, les Carnutiens, et les Aulerces, formant
ensemble une très grande armée de cavalerie et d'infanterie. Ce récit est sans
doute celui d'un événement de la France auquel on n'en trouvera guere d'anté-
rieur, et prouve le degré de force que le pays avoit déja obtenu il y a environ
24 siecles. Et combien d'autres n'ont pas dû les précéder avant qu'il commençât
d'être habité? L'occupation de Rome par les Gaulois sous Brennus (soit, ce que
Tite-Live n'ose décider, à la tête d'un nouveau corps de Sénoniens seuls, soit de
ceux-ci réunis au reste des Transalpins, qui, depuis la premiere invasion,
s'étoient toujours accrus en nombre) n'eut lieu que deux siecles plus tard ; et elle
est trop connue pour que j'aie besoin de m'y arrêter. Il suffit de remarquer que,
si Brennus à cette occasion se rendit coupable de perfidie, en se servant d'un
faux poids, et d'y ajouter encore son glaive lorsqu'on la lui reprocha, les Romains cependant n'en userent pas avec plus de droiture à son égard; car Camille,
le Dictateur précédemment élu, survenant avec des troupes qui avoient été occu-
pées ailleurs, jugea bon d'annuler la capitulation avant qu'on eût fini de peser
l'or, sous prétexte qu'elle n'avoit pas été conclue légitimement, puisqu'un officier
inférieur à lui n'en avoit pas eu le pouvoir.

(2) Quelques uns trouvent l'origine de Montmartre dans le Temple de Mars;
d'autres, et comme il me paroît avec plus de vraisemblance, dans le martyre de

S. Denis avec ses compagnons, vers la moitié du troisieme siecle, et dans la chapelle fondée à la mémoire de cet événement. L'abbaye des Bénédictines ne date
que de l'an 1133.

(3) Actes des Apôtres 17, vs. 11.

(4) 1772

FIN.